我的心灵能量加油站

[西] 苏珊娜·伊赛恩　著
[西] 马莉欧娜·托洛萨·斯特雷　绘
刘文君　译

爱自己

GUANGXI NORMAL UNIVERSITY PRESS
广西师范大学出版社
·桂林·

AI ZIJI

出版统筹：汤文辉　　　　　　责任编辑：宋婷婷　戚　浩
质量总监：李茂军　　　　　　美术编辑：刘冬敏
选题策划：郭晓晨　张立飞　　营销编辑：钟小文　宋婷婷
责任技编：郭　鹏　　　　　　版权联络：郭晓晨　张立飞

著作权合同登记号桂图登字：20-2021-319 号

图书在版编目（CIP）数据

我的心灵能量加油站. 爱自己 /（西）苏珊娜·伊赛恩著；（西）马莉欧娜·托洛萨·斯特雷绘；刘文君译. —桂林：广西师范大学出版社，2022.1
ISBN 978-7-5598-4475-0

Ⅰ. ①我… Ⅱ. ①苏… ②马… ③刘… Ⅲ. ①儿童故事－图画故事－西班牙－现代 Ⅳ. ①I551.85

中国版本图书馆 CIP 数据核字（2021）第 238250 号

广西师范大学出版社出版发行
（广西桂林市五里店路 9 号　邮政编码：541004
网址：http://www.bbtpress.com）
出版人：黄轩庄
全国新华书店经销
北京尚唐印刷包装有限公司印刷
（北京市顺义区牛栏山镇腾仁路 11 号　邮政编码：101399）
开本：787 mm × 920 mm　1/16
印张：3　　　　字数：80 千字
2022 年 1 月第 1 版　　2022 年 1 月第 1 次印刷
定价：24.00 元

目　录

自信

为什么爱自己这么重要，小朋友？

爱自己与自信这个概念有着直接的联系。

自信是一种主观评价，是基于你对自己的看法，以及你认为的别人对你的看法。

比如：

我觉得我是一个非常棒的人，我身边的人都知道这一点，因此他们都很欣赏我。

人们说自信有三个等级，这是根据自己的评价来确定的——

高自信：我喜欢自己，爱自己，也对自己感到很满意。我觉得自己是很有价值的人。我做事积极，也有能力做很多事情。我有足够的安全感。我可以把自己的想法直接说出来。

“我感觉好极了！”

低自信：我认为自己很渺小，什么能力都没有，我讨厌这样的自己。我经常会表现得不自信、悲观且胆小。

“我就是个灾难。”

中等自信：在上面两个等级之间来回波动——有时我觉得自己什么都能干，有时我心中又充满了不安。

“今天我觉得我做不到。”

高自信是人生的盟友。它会帮助你感觉更好，实现你定下的目标。

这本书将帮助你提升自信心。只要有正确的指导和一些小练习，所有人都可以更多、更好地爱自己。

看不到的眼镜

有时候你看不清东西，是因为你戴着别人看不到的眼镜。这个眼镜还会骗人。戴上不同的眼镜，你会看到不同的自己。

会讨好人的眼镜

如果你戴上了这副眼镜，那么你眼中的自己或许是最好的，比其他人都棒。这是因为会讨好人的眼镜总是悄悄告诉你：“你值得拥有这一切。”但是很抱歉地告诉你，你的眼镜欺骗了你。没有人是完美的，也没有人可以比其他人都强。

会抱怨的眼镜

如果你戴上了这副眼镜，你可能就会觉得自己特别没用，什么事情都做不好。那是因为会抱怨的眼镜总是让你关注自己不好的地方。即使只是一点点儿不足，这副眼镜也会像放大镜一样，让它看起来特别明显。你会觉得“我是最差的”“我太差劲了”，好像自己没有任何优点。但是，你一定要知道，这副眼镜在说谎，所有人都有自己擅长的方面，并且很多不足都是可以改进的。

如果你发现自己戴着上述两副眼镜中的任何一副，那么最好去修理一下，这样它才会跟你说实话，你也才能看到真实的自己。通常情况下，只有那些爱我们的人才能帮我们修好这副眼镜。

会说真话的眼镜

这副眼镜的镜片是透明的，它让你不去主观地评判，不去盲目地比较，让你看到自己的优点和缺点。它可以帮助你进步，让你去爱真实的自己。当你照镜子的时候，一定要确保自己戴着的是这副眼镜哟！

这就是你

小勇士，你已经把眼镜修理好了吗？

现在请仔细看看你自己吧！

你是什么样的人

你有什么感受和想法？遇到事情的时候，你会怎么做？

你的能力和不足

你擅长的事情、做得一般的事情和没有把握做好的事情分别是什么？

你的外貌

你可以看到自己在镜子中的形象、在自己眼中的形象，以及在别人眼中的形象。

你的社交能力

你如何与其他人交往。

现在你已经从各个角度看过自己了。你可以试着作出一些改变，因为你在很多方面都能变得更好。但是，不管怎么样，最重要的是，你能够接受真实的自己。

要爱自己，小朋友！

记住，要爱自己！

我会给你讲一些值得思考的小故事，你还可以做一些小活动，希望这些可以在你不同的人生阶段为你提供指引和帮助。

爱自己的小故事

雾

最重要的东西

萨拉是一位妈妈，她告诉女儿诺安，站在远方那座山的山顶，便能看到世界上最美丽的风景。于是在一个春天的早上，她们离开了家，带着满满的热情开始爬山。一路上到处都是鲜艳的花朵和飞舞的蝴蝶。诺安非常激动，想着只要自己爬到最

高处，就能亲眼看到妈妈之前说过的那些美景啦。

她们走了好几个小时的山路，还差几米就到达目的地了。但是这个时候，一朵云笼罩住了山顶。“哎呀，现在什么都看不见了。”诺安抱怨道。

“别担心，那些云只是路过。一会儿等我们到达山顶，它们就都飘走了。”萨拉安慰她说。

然而，当她们到达山顶后，却只能看到一层厚厚的白雾。“真倒霉！我们努力爬了这么久，到头来一切都被雾给遮住了。”诺安生气地说。

“没看到山顶的美景，确实有些遗憾。但是，尽管有雾，我们还是能看到世界上最美的风景。”

诺安不解地看着妈妈，跟着她慢慢往前走。萨拉让女儿坐在被雾气包围的湖岸边。

“看这里。”萨拉说。

“妈妈，我什么都没看见呀，只有雾。”诺安回答道，她有点儿不相信。

“仔细看，离水面近点儿。”

诺安靠近了水面，透过薄薄的雾，她在水面上看到了自己的倒影。她很惊讶。

“你瞧，诺安，这就是世界上最美的风景之一。”

思考和自爱

有时候浓雾会让你看不到真正的自己。但是不管你是蓝眼睛还是黑眼睛、长头发还是短头发、高个子还是矮个子……你都是这个世界上最美的风景之一，因为你所拥有的最美好的东西就是自己。

在绝大多数时候，当我们被问到谁是自己生命中最重要的人时，第一个出现在我们脑海中的往往都是某个亲近的人，如家人或朋友。但是你应该知道，这个最重要的人，毫无疑问，应该是你自己。你自己才是那个永远陪在你身边，也最需要你照顾的人。你有价值并且珍贵。永远不要觉得这是自私的表现，重视自己并不是自私。但爱自己也并不意味着你可以不感激别人，不愿意为别人作出牺牲。不要忘记，只有当你爱自己并且快乐的时候，你才能更好地照顾他人，让他们也同样感到快乐。

活动

世界上最美的风景

找一个盒子，你可以用漂亮的纸包裹住它或者用小贴纸装饰一下。在里面放一面镜子，在盖子的外面写上：

世界上最美的风景。

读一下你自己写的这句话，然后思考它的意思。深呼吸，观察你在镜子中的脸，花一点儿时间欣赏一下你自己。之后，客观地描述一下你看到的五官。不要去评判，也不要去比较。

“我有棕色的头发，在阳光下会泛出金光。还有圆圆的、蜂蜜一样颜色的眼睛……”

你在盒子里面看到的就是“世界上最美的风景”。其实，所有事物的外形和颜色，它们本身都很美，而人们之所以有不同的观点，是因为看待事物的角度不同。当然，所有事物都可以变得更好，但是请记住，你本身从内到外都是最棒的。另外，你还可以利用这个盒子设计一个小游戏：告诉大家，这是一个魔法盒子，所有往里面看的人都能找到“世界上最美的风景”。

你要守护好盒子的秘密哟，然后邀请你的家人和朋友也往里面看一看吧！

小蓝蛙

与众不同

一个池塘里生活着几十只青蛙：大的、小的，瘦的、胖的，吵闹的、安静的……这些青蛙身上有各种绿色：橄榄色、翡翠色、苔藓色、棕绿色……只有一只青蛙，由于某些奇怪的原因，它的身上生来就是浓浓的蓝色。

它刚被孵化出来时，妈妈以为小蓝蛙生了很严重的病，但小蓝蛙的身体非常健康。所有的青蛙都觉得，再过一段时间，它就会变成绿色的。但事实远不像它们想的那样，小蓝蛙蓝色的皮肤变得越发鲜明且闪亮。

有一天，小青苔蛙警告其他伙伴：“我妈妈告诉我，靠近那只小蓝蛙会有危险。它的颜色太显眼了，会招来蛇和猫。”

小青蛙们因为担心自己的生命安全，开始远离小蓝蛙。当小蓝蛙意识到它们这样做是因为它的颜色时，它开始尝试各种方法把自己变成绿色。它吃了好多生菜，在泥巴里洗澡，好让自己看起来至少是棕色的，它甚至还用树叶做了一件衣服。但这一切都没有用。小蓝蛙依然是蓝色的，并且它越来越孤独了。

一天下午，小蓝蛙晒太阳时，听到其他小青蛙在议论些什么。

“离开池塘是非常危险的。”一只小青蛙警告道。

“别这么胆小！我们走！”小青苔蛙说道。

小青蛙们都从池塘的水里出来了，过了一会儿，它们开始害怕地尖叫起来。一只野猫正试图抓住它们中的一只。小蓝蛙毫不犹豫地冲过去，跳到了野猫身上，野猫从来没有见过这种颜色的青蛙，摇晃着脑袋想要摆脱它。最终，野猫被吓跑了。所有的小青蛙都跑过来拥抱小蓝蛙。它刚刚救了它们的命！然后，池塘里最年长也最博学的青蛙，也就是青蛙王后赶来了。它听完事情的经过后说：

“谢谢你，小蓝蛙。你非常勇敢。你应该知道，能有这样独特的颜色是多么幸运。所有捕猎的动物都认为你是危险的毒蛙而远离你。小青蛙们，你们不要远离小蓝蛙，要跟在它身边，它会保护你们的。”

思考和自爱

很多时候我们都想要积极地融入一个集体，成为其中的一员。要做到这一点，我们认为最好的方式就是和其他人一样，做个平常人。但是，什么才是平常？

我们和别人在很多方面很像，比如年龄、就读的学校、爱好……但同时，我们本身又是与众不同的。遗憾的是，我们总是试图掩盖自己的不同。自爱的最好方法是为我们的不同感到骄傲，并且强化它们。

有时候，我们并没有意识到，这些不同正是我们最吸引人的地方，是让我们闪闪发光的地方，也是我们的独特之处。我们不应该害怕和大多数人不一样，或许我们应该害怕的是，自己和所有人都一样。试想，如果所有人都是一样的，那世界会变得多么无聊！所以，如果你发现自己是与众不同的，恭喜你！而且请你不要改变。

活动

我们是一样的，我们是不同的

一起来做个研究如何？找一个文件夹，如果封面上可以涂写，你可以写上这个标题：我们是一样的，我们是不同的。另外，你还需要纸、铅笔、圆珠笔、彩色颜料……

选择四个朋友，为他们每个人做一张卡片，上面要包含这些信息：姓名、年龄、性格、可以改进的地方、和“我”很像的地方、他/她与众不同的地方。

之后根据你自己的情况填写同样的信息卡（除了“和‘我’很像的地方”这一点）。你可以在每张卡片上预留一些空间，为每个人画一张肖像画。

最后，做一个**比较**和**对照**，思考下面几个问题：

· 你们五个人有什么共同点？

· 你们每个人有哪些特别之处？

· 你和谁最像？

· 你和谁的不同之处是最多的？

房子

打理好自己：内部、外部，还有环境

阿德里安搬到了靠近海岸的地方。

这座房子让他感觉很自由。它很宽敞，墙壁又厚又结实，还有很大的窗户，透过窗户他可以看到大海。但房子也有缺点，这个房子已经太久没人居住了，有些破旧。“我得把它修好。”阿德里安想。

他马上动工。如果他想要住在这所房子里，就需要投入时间和精力，把它变成一个真正的家。

阿德里安决定从房子的内部开始。于是，他修了漏水的水龙头，打磨了地板，把墙壁刷成了自己喜欢的颜色，彻底打扫了卫生，按照自己的喜好布置了家具，让房子变得更温馨、舒适。

同时，他也意识到，房子的外部也需要打理。他给大门刷了漆，更换了阳台顶上几块年久失修的瓦片，还用石头加固了外墙，以隔绝寒冷和潮湿。这也许不是世界上最漂亮的房子，但他很喜欢。

经过一段时间的努力后，房子从里到外都已经非常完美了。这时阿德里安才意识到，周围的环境也很重要。于是，他清除了杂草，为土地施了肥，开始播种和浇水。随着时间的流逝，这里变成了美丽的花园，这让他感到很满足，也很快乐。

思考和自爱

就像对待家一样，我们应该花费最多的时间在自己身上。内外兼修，我们才会感觉良好。同时，不要忘记那些在我们身边的人。

注重内在就是要努力保持身心健康。锻炼身体，健康饮食，让良好的情绪和积极的想法围绕着自己。

注重外在就是要保持良好的卫生、装扮，穿一套合适的衣服，梳一个适合自己的发型。照一照镜子，看看我们是否喜欢镜子里的自己。

我们也不能忽视周围的人，需要学习怎么和其他人相处：要有爱心，要善良，要感恩，要常微笑，要乐于助人……请记住，你种下什么种子，就会收获什么样的果实。

活动

特殊的种子

首先，用卡片纸制作一棵树。

接下来，把你所有想种的特殊种子都列出来。在彩色的卡片纸上画出几种果实，然后剪下来，把它们保存在小盒子里。

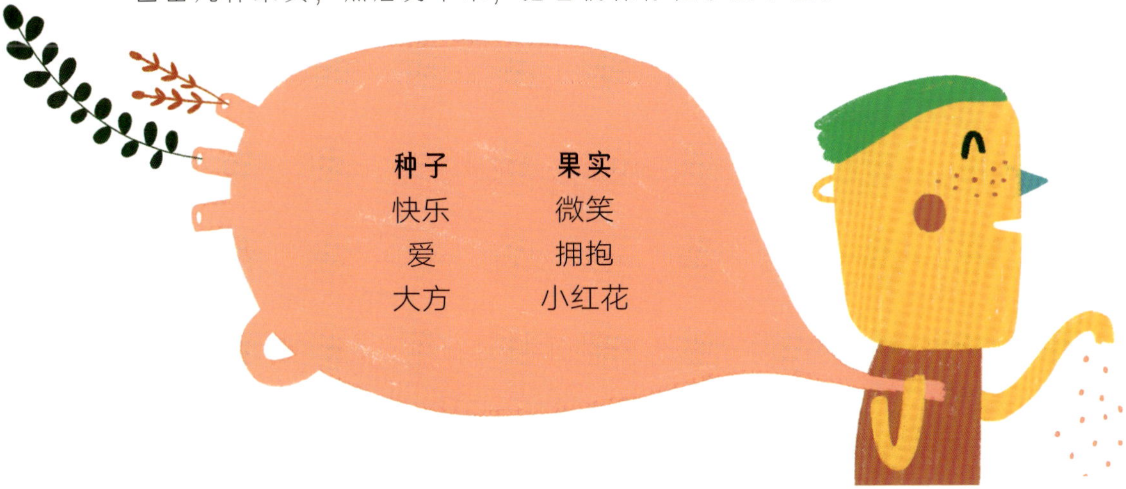

你的树和果实已经准备好了，现在就要在日常生活中播种和收获。比如，如果你选择种下**快乐**的种子，那就用乐观的态度向周围的人展示自己，变得热情，提出有趣的活动建议。这样，你的树上就会结出**微笑**的果实。如果你选择种下**大方**的种子，在他人需要你的时候，试着去帮助他们，分享你想要分享的东西；当朋友们值得被夸奖时，不要吝啬你赞美的话语。这样，你的树上会开出**小红花**。在一天结束的时候，你可以想想自己在一天中种下的种子，并把它们的果实：微笑、拥抱、小红花……粘在树上。

你种下的种子越多，收获的果实就越多。

三只老虎，三种表现

说出你的想法

黄桂皮、大箭头和小胡子是三只小老虎。黄桂皮的性格很强势，有点儿霸道。大箭头经常摆出一副既可以商量又很坚定的姿态。而小胡子是三只老虎中最害羞、最安静的。

一天上午，虎群的领袖把三只小老虎召集在一起。

“你们长得非常快。”它对三只小老虎说，“你们越来越强壮，跑得也越来越快。现在是时候对你们进行捕猎训练了。我建议，你们三个去抓一只猎物。”

三只老虎非常兴奋，终于，它们要像成年老虎一样去捕猎了。它们必须团结合作，且需要很好地制订攻击计划。

“我们抓一只小野猪吧！”黄桂皮说，“小胡子，你要警惕，不要让那些成年野猪靠近。大箭头，你来引诱小猪。你把它引到靠近我的位置，我去攻击它。”

“好的。”小胡子表示同意。

“我觉得这样不好，”大箭头抱怨说，“这样你一个人就把所有功劳都占了，这不公平。你觉得呢，小胡子？”

“我怎么都行。”小胡子小声回答。虽然它和大箭头想的一样，也希望自己能在这次任务里发挥更积极的作用，但它没有说出来。

“但我可不是‘怎么都行’，”大箭头坚持道，“黄桂皮，如果你愿意的话，你可以去吸引小猪，我来负责捕猎。”

“我们要按照我的计划做！”黄桂皮强调。

黄桂皮和大箭头争论了好一会儿。黄桂皮提高了嗓门，想强迫对方同意。大箭头则缓慢而坚定地说出了自己的想法。小胡子依然不敢表态，一句话也不说。最后大家决定由小胡子来警戒，黄桂皮和大箭头一同去捕猎。

黄桂皮和大箭头成功地进行了第一次捕猎，小胡子感觉却很糟糕，因为它没能说出自己真正想要的东西。如果继续这样下去，它将会错过很多事情。

思考和自爱

我们在与他人交往时，有三种沟通方式：

像小胡子一样被动。

我们保持沉默，或者说他人想听的话，并没表达自己真实的想法或说明自己想要的东西。

像大箭头一样坚定。

坚定是指以一种平和的方式表达自己的想法、感受和需要。即使其他人的观点与我们不同，我们也始终要尊重他们。

像黄桂皮一样攻击性强。

当我们用粗鲁甚至缺乏教养的方式来表达自己的想法和愿望时，我们会把自己的想法强加于人，不尊重他人。

那些自信心弱的人往往采用被动的沟通方式。他们认为自己的观点不是非常重要，并且他们很难说“不”。这就导致他们经常失望，因为他们通常没有办法做自己想做的事情。此外，那些经常使用攻击性强的沟通方式的人，很可能也不是很自信——虽然完全看不出来。他们常常难以控制自己的冲动，并且经常被其他人拒绝。

最值得推荐的就是练习使用坚定的沟通方式，这样既尊重自己，也尊重他人。

活动

用卡片"说出自己的想法"

剪出几张卡片，在上面写上可以让你更自信的句子或答案。

抱歉，我不喜欢。

不。

我不能，我有约了。

我向你道歉，因为________。

我更喜欢另一种选择。

我也想要参与。

我希望________。

我觉得不公平。

________让我感到困扰。

谢谢，但是不了。

我选择________。

这样让我感觉不舒服。

准备好卡片之后，就用它们来练习坚定的沟通方式吧。

隐藏的天赋

发现自己的光芒

卡拉和阿罗娅是双胞胎。她们虽然同时出生，却非常不同，大家都说她们不像姐妹。

卡拉又高又瘦，有着棕色的头发和一双明亮的绿色眼睛。在学校里，她表现突出，是一名各科成绩都

很优秀的学生。此外，她在班上很受欢迎，大家都喜欢和她一起玩。

阿罗娅身材娇小，有着一头红色的长发，鼻子上的雀斑排列得很像起伏的浪花。她非常友好，很爱笑，总是开心得合不拢嘴。她不是学霸，也不是最受欢迎的那个人，但她有一个非常宝贵的朋友，那就是和她形影不离的坎德拉。

随着时间的流逝，卡拉和阿罗娅之间的不同越来越明显。一个可怕的想法开始越来越频繁地出现在阿罗娅的脑海里：卡拉拥有一切，而我却什么也没有；卡拉是完美的，而我，完全是一个灾难。真是太不公平了！

慢慢地，笑容不在她的脸上绽放了。

一天，姐妹俩去听一场古典音乐会。卡拉因为无聊而打起哈欠，阿罗娅却听得很入迷。回到家后，在一种神奇力量的推动下，阿罗娅擦掉妈妈旧钢琴琴键上的灰尘，试探性地敲击着琴键，仅仅几分钟后，在音乐会上听到的那些旋律就从她的指尖传了出来。阿罗娅这时才发现，原来她一直不知道，音乐就藏在她的身体中。音乐在合适的时候出现了，让她的生命有了意义。

几年后，卡拉学习了医学，开始了作为医生的职业生涯并取得了成功。阿罗娅在音乐学院学习，成了一名钢琴家。当阿罗娅弹奏时，随着音符跳动，她感受到自己是有生命力的，她的音乐把其他人带到了梦境中。笑容再也没有从她的脸上消失。

思考和自爱

有时候，我们会被其他人的光芒遮盖。我们感觉身边的人都很伟大，而自己却变得越来越渺小。可能是我们只注意到了别人身上积极的东西，而忽略了自己的闪光点。但我们应该知道，每一个人的身上都有一些东西让他显得独特而美好。

虽然有的人拥有很多种天赋，但那些天赋并不会完全展现出来。而有的人尽管只有一种天赋，但当他把自己的与众不同释放出来后，他将会收获很多快乐和幸福。

活动

去寻找，去发现

天赋，可以理解为在某些方面比大多数人表现得更好的能力，比如：擅长音乐、体育、绘画……

要想找到自己的天赋，你需要寻找一些自己非常热衷的事情。为了找到它，你可以列出下面两张清单：

我喜欢的活动　　我擅长的活动

是否有活动同时出现在这两张清单上？如果有的话，恭喜你，那可能就是让你变得与众不同的天赋。它将帮你变得更爱自己、更重视自己。不要让它溜走！培养它、强化它、享受它。它肯定会成为你生命中一个重要的伙伴。

森林里的小组织

感觉自己有价值

森林的空地上居住着熊、獾、野猪、斑鸠和老鼠。五个朋友和谐地生活在一起，它们完美地组织起来，互相帮助。每个成员都有自己的作用。

熊的个头非常大，也很强壮。它的吼声能使大地颤抖。它是林间空地的守护者。

獾是一个很棒的厨师，它的工作是做饭。当它点燃炉子的时候，令人垂涎的香味会从窗口飘出去，让伙伴们忍不住流下口水来。

野猪很擅长采集各种蘑菇和水果。每天它都会把最好的食材装进一个大篮子，带给獾。

斑鸠有着美妙的歌声。它栖息在森林里最高的树枝上，观察着阳光的轨迹。它用歌声唤醒动物们，告诉它们几点了。

老鼠是个头最小的。它一出生视力就不好，在森林里似乎没有任何作用。每天当它的朋友们工作时，它都会去看望它们。

一天，老鼠想要帮助獾做汤，但它没有把应放的胡萝卜放到锅里，而是误加了蘑菇。“老鼠，如果你不想工作的话，我没有意见。但是，至少请你不要打扰我。”獾生气地说。

老鼠伤心地回家了。每个伙伴都有自己的作用，唯独它没有。深夜，门铃响了，是熊、獾、野猪和斑鸠来了。

“抱歉，老鼠，我不该说你不想工作。”獾道歉了。

“今天你没来看我，我觉得很孤单。”斑鸠说。

“没有你讲笑话，我已经无聊到不行了。”熊补充道。

“而且，因为没有人通知我们饭做好了，汤都放凉了。”野猪说。

“当然啦！我是个信使！”老鼠的脸上又有了开心的神色。

“不仅如此，你是陪伴，是快乐。”獾说。

它们拥抱在了一起。老鼠觉得自己和自己所有的朋友一样，是有用的，有价值的，不可或缺的。

思考和自爱

当你觉得自己有用的时候，你有没有感受到自己被一种美妙的情绪围绕着？

当我们能够为一项事业贡献出自己的一点儿力量时，当我们能够参与到他人生活中，帮助他们做出积极的改变时；或者当我们帮助身边的人完成日常工作，减轻他们的负担时……我们会觉得自己很有用，这让我们感觉很棒。

或许有时候你找不到自己的位置，你不知道自己能为这个世界做些什么。请你想一想，你的优点是什么，并试着把它们运用到一些能让你感觉自己有用的活动中。如果对你来说，这有些困难，那么我们相信，爱你的人可以帮你实现。

帮助和感觉自己有用会提升我们的自信心，让我们对自己、对周围的一切感觉更好。

活动

练习帮助

不求回报地帮助他人。

帮助父母做家务：收拾桌子、打扫房间……

在一门你学得很好的科目上帮助同学。

去动物收容所领养一只狗或者猫，在休息时间带它去遛弯，陪它玩游戏。

做志愿者。

想一想那些你想做并且会让你觉得自己有用的事情。

现在你已经有了一个写有好点子的清单了。尝试每周至少做一件清单上面的事情。

小发明家

相信自己

布鲁诺是个很特别的男孩。他的梦想是成为一个伟大的发明家。

有一次，他想要发明一种可以自己浇水的花盆。他的朋友们告诉他，这太难了，但布鲁诺坚定地回答：“我能做到！”

经过几天不知疲惫的工作后，这个小发明家向大家展示

了“小水滴”。这是一款可以根据每种植物的需要自动浇水的花盆。

还有一次，他坚持要发明一款可以看到脑袋后面发生了什么事情的眼镜。他的朋友们对他说，这太荒唐了，但是布鲁诺坚定地回答道：“这是个好点子，我要实现它！”

经过一周的努力，布鲁诺向他的朋友们展示，自己背对着他们时，戴上“反向眼镜”，竟然可以数清楚他们伸出了几根手指，还能说出他们衣服的颜色。

此外，布鲁诺还发明了很多东西：一款内置牙膏的牙刷、阅读用的头灯，甚至还有一款玻璃潜水面罩，可以在水中保护发型。

一天，布鲁诺发现了一辆废弃的三轮车。他一看到它，就有了一个好主意。

“你要这个废品干什么？”他的朋友马蒂亚斯问。

“我要建造一台用来进行时间旅行的机器。”他回答道。

“不可能！你永远也做不到！”马蒂亚斯笃定地说。

“你等着看吧！”布鲁诺说。

从那时起，布鲁诺就开始研究他的时光机。有些人质疑他对于穿越时空的设想，但布鲁诺并不在意，即使只有万分之一的可能，他也迟早会成功的。

思考和自爱

自信会影响我们对自己能力的判断。如果我们有很强的自信心，在面对挑战时，往往会表现得很积极。与之相反的是，如果我们的自信心很弱，我们会认为自己能力不足，容易消极地对待挑战。其实我们可以试着培养乐观的态度，应该相信自己，而不是盲目地听从其他人的想法，用积极的思想和自我引导帮助自己实现目标，比如：“我能行”“有志者事竟成”“几乎没有什么是不可能的”……确实，不是所有我们想要的都能够实现，因为有时会遇到巨大的障碍和困难。但是，如果我们不尝试，那么我们肯定不会成功。记住，如果你认为自己可以，你就已经成功了一半。

活动

相信自己的小挑战

在课堂上，当你知道问题的答案时，举手回答，提出更多问题，或只发表意见。

和父母去购物时，主动负责和店员交谈并付款。

遇到自己喜欢的活动，即使没有朋友去，也要报名参加。

现在完成下面的句子：**如果我能做到，我想________。**

并思考这些问题：**我需要做什么来实现它？如果要完成这件事，我还缺少什么？**

找到这件事，然后做到这件事！把这句话写在一个牌子上，然后把它挂到你房间的墙壁上，直到你相信自己可以做到为止。

孔戈的伪装

做自己

孔戈有一个装满各种伪装服的衣柜。他最喜欢的事情就是早上醒来后决定当天要把自己打扮成什么样子。

有时，他会伪装成一头大象，迈着坚定的步伐在大草原上行走。有时，他又感到很害怕，有种自己很脆弱的感觉，于是便伪装成羚羊，不想被人注意。偶尔，在早上的时候，他想要征服世界，然后他就把自己伪装成一头狮子。还有的时候，他会对周围的一切感到愤怒，于是他选择把自己伪装成一头豪猪，不让任何人接近。

一个春天的下午，孔戈伪装成一只猫鼬出门了。猫鼬总是取笑别人，所以当他遇到其他动物时，他都会发出一阵刺耳的嘲笑声。他在闲逛时，远远地看到朋友们正在河里玩耍。不知因为什么奇怪的原因，朋友们一看到他就跑了，除了蒂娜。

“发生了什么？他们为什么躲着我？”孔戈问。

“我们有点儿累了。”蒂娜回答说，“有时你对我们很不好，像今天这样莫名其妙地取笑大家，有时你表现得很可怜，有时你又认为自己是最强的，甚至是丛林之王。你太难以捉摸了，事实上，我们都不了解你。其实，也许你都不了解你自己，你试过做自己吗？”

和蒂娜谈完话后，孔戈沉思着走了。回到家，他脱下伪装服，看着镜子中的自己。他究竟是什么样的？为什么他想要变成和自己完全不一样的动物呢？反思后，孔戈做出了一个决定。他第一次以自己本来的面貌出门了。或许他不是个头最大的，不是王者，不是最脆弱的，但是他敏捷、聪明，还很幽默。他已经忘记了自己可以讲最好笑的笑话，可以从树上摘到最美味的果实。其实他本来就很好，所有人都喜欢他。但最重要的是，他要爱这样的自己。

思考和自爱

我们大多数人都有一个坏习惯，就是喜欢拿自己和其他人比较。当我们这么做的时候，我们往往会把注意力放在别人比我们好的地方。在这些比较中，我们甚至会忘记自己的优点和真实的自己，反而希望可以像对方一样。当我们观察其他人时，最好不要进行比较，而是去欣赏。与此同时，我们要时时刻刻知道自己的局限性在哪里，并且要努力在不同方面提升自己。

最值得推荐的方法是，试着去爱自己，展现自己真实的样子，忘记别人是怎样的。

不羞于展示你的内心，包括错误、缺陷、恐惧和不安。你要接受自己的与众不同，并尽可能地将其转化为优势。展现真实的自己，别人也会更欣赏你。

活动

制作“我的小书”

制作“我的小书”，让你认识自己，更多、更好地爱自己。

找一个你可以随意涂改的漂亮小本子，将它变成一本书。在封面贴上一张你的照片，并写上你的名字。然后开始填写里面的页面，都是关于你的信息。你也可以画图、粘贴照片、剪纸或补充任何你喜欢的东西。以下是关于书中写什么的一些建议。

我是________。

这是我的家，我和________住在一起。

我最喜欢自己的地方是________。

我最喜欢做的事情是________。

我很擅长________。

我最大的优点就是________。

我最有意思的趣闻是________。

我最美好的回忆是________。

我去过离家最远的地方是________。

保存好你的小书。每当你感到气馁的时候，读一读它，记住你是独一无二的。

爱自己的十个忠告

1. 你是自己生命中最重要的人。无须怀疑，事实就是这样。
2. 不要和其他人比较。你可能不是最好的，但也不是最差的。你只需要试着在你的能力范围内，每天都努力提高一点儿。
3. 做一个善良、大方、懂得感恩的人。你身边的人会欣赏你，你也会更爱自己。
4. 你的意见很重要！遇到事情不要沉默，说出你的想法。只需以一种尊重别人的态度来表达，尽量不要伤害到其他人。
5. 每个人都有天赋。找到你的天赋，但是记住，如果不勤加练习、不努力，天赋是没有任何作用的。
6. 我们每个人都会犯错。不要对自己太严厉，也不要苛责自己（除了那些可以帮你变得更好的自我批评）。学会原谅自己。
7. 送自己一些美好的东西，可以表扬自己几句，奖励自己休息或放松一段时间。
8. 相信自己，相信发生在你身上的所有可能性，这是你迈向成功的第一步。
9. 照顾好你的身体、你的心灵和你的感受。爱你所居住的房子。
10. 总是让你身边充满美好的东西，但不要忘记，你拥有的最美好的东西就是你自己。

现在，小勇士，大声喊出来：**爱自己！**

苏珊娜·伊赛恩是一名作家、心理学家，在西班牙的优内西洋大学任教，是三个孩子的母亲。她的作品多次获得美国月光童书奖，已被翻译成十五种文字，在全世界销售。

马莉欧娜·托洛萨·斯特雷曾在西班牙的巴塞罗那学习插画。她对绘画充满热情，为书籍、报刊、海报等绘制插图，同时还从事专业的设计工作，设计过字体、图形、图像以及品牌印花等。

她喜欢遵从自己的主观感受去创作绘画，并将绘画视为一种表达内心想法的工具。